Bir Hafta boyunca Köle
Komple Seri

Erica Sanders

Hakimiyet ve Erotik Boyun Eğme

Özet

Erika bir haftalığına Sandra'nın kölesi olmayı kabul eder...

Bir hafta boyunca köle, güçlü erotik BDSM içeriğine sahip bir roman ve yine yüksek romantik ve erotik BDSM içeriğine sahip bir roman serisi olan **Hakimiyet ve Erotik Boyun Eğme'dan yeni bir roman.**

(Tüm karakterler 18 yaşında veya daha büyüktür)

BİR HAFTA BOYUNCA KÖLE

KOMPLE SERİ

ERIKA SANDERS

İLK KISIM

"Anlıyorsun," dedi Sandra bana, "evime
girer girmez söylediklerim geçerli. Tam
ve mutlak itaat."

"Hmm, evet," dedim biraz korkarak.

"Hayır, evet," dedi kararlı bir şekilde,
"Evet, hanımefendi."

"Evet Hanımefendi," dedim biraz daha
inanarak.

"Çok daha iyi." Kapıyı açtı ve girmem için
kenara çekti. Yanımda getirdiğim
eşyaların olduğu valizi çekerek yanından
geçtim ve koridorda durdum. Sandra
kapıyı kapattı ve yanımdan geçti.
Güvenli payandasını inceledim . Uzun
boyluydu, neredeyse 1,80 boyundaydı.
Ben sadece 5 fit 2 inçim ve onun yanında

cüce hissettim. Güzel bir poposu, güzel kıvrımlı kalçaları ve C kuplu büyük göğüsleri vardı. aşık oldum

Bir barda tanışmıştık ve gece boyunca konuştuktan sonra bana açık fikirli olup olmadığımı sormuştu. Evet dedim ve sonra bana kendimi daha baskın mı yoksa itaatkar mı hissettiğimi sordu.

Bunu düşünmek zorundaydım. Ne istediğimi biliyorum ama sabırsızlıkla bekliyorum Ben ayrıca eğer _ birisi hazır sorumluluk bu mu ile devral ve ben ne yapacağımı söyle _ dedim _ ona boyun eğdiğimi . _ _

ne zaman şok oldum o Ben ben onun _ olup olmadığını sordum köle olmak istiyorum _

"Ne düşünüyorsun?" ona sormuştum

"Yani evime gelip benimle kal ve senden
ne istersem onu yap demek istiyorum.

"Cinsel olarak mı?"

"Her şey." düşünmek zorundaydım
Gecenin sonunda başka şeyler konuştuk,
dans ettik, sarhoş olduk ve öpüştük.
Harika bir öpücüktü, güçlü ve şehvet
doluydu. Elimi göğsüne koydum ve o da
gözlerimin içine bakarak kaldırdı.

"Bu benim kölem için" dedi.

seninkini istiyorum köle ol ."

Ve şimdi vardı Biz burada , bir Hafta
sonra _ Bir haftalık deneme süresi için
anlaşmıştık.

"Daha giyinmeye hak kazanmadın Erika, çıkar hepsini." Tereddüt ettim ve bana yaklaştı. "Beni baştan üzme Erika, yoksa ceza infaz edilecek. Çıkar onu."

"Evet hanımefendi" dedim. Ayakkabılarımı çıkardım ve ardından çoraplarımı da çıkardım. Sandra durup beni izlerken kot pantolonumu çıkardım ve bacaklarımdan aşağı kaymalarına izin verdim. Ardından t-shirt'ümü kafamdan geçirip iç çamaşırımı giydim. Sonra külotum geldi ve sonunda sutyenim. Her bir giysiyi özenle katladım ve çantama yerleştirdim.

Sandra çıplak vücuduma baktı. Orada öylece duran bir et parçası gibi hissettim kendimi. Minik göğüslerime bir kez baktı ve sonra uzanıp parmağını dik göğüs ucumun üzerinde gezdirdi.

"Ne kadar şirin küçük göğüslerin var Erika," dedi bana.

"Teşekkürler hanımefendi."

"Meme uçlarını benim için çek, sertçe
çek ki onları ne kadar ileri
götürebileceğini ve daha sonra ne kadar
dışarı çıkacaklarını göreyim."

attım _ A benimkine bak _ meme uçları
ve aldı her birinde bir tane El. çizdim _
Acıyana kadar sert , benim küçük
göğüsler gergin kendisi ile bunu çözer _
Benim Vücut göze çarpıyordu .
Bıraktığımda meme uçları durdu _ _
gururlu ve heyecanlı dik _

"Aferin Erika."

"Teşekkürler hanımefendi." Gözleri beni
incelemeye devam etti. Düzgün kesilmiş
saç çizgisiyle amıma baktı ve "Bunu
yapamazsın. Ben biraz televizyon

izleyeceğim Erika ve ben bunu yaparken sen de benim için yapacaksın. Banyoma git ve makyaj masasının en üst çekmecesinden bir cımbız al. Sonra bir havlu alırsın ve oturma odasına gelirsin. Ben televizyon seyrederken, sen havluyu sehpanın üstüne koy, sonra üzerine otur ve kasık kıllarını hiç kalmayana kadar çek."

"Evet hanımefendi" diye cevap verdim . "Önce ben mi düşünmek Şeyler kaldırın hanımefendi?"

" Arkanı dön " onundu _ cevap _ döndüm _ ben ondan ve benden önce daha öte ile o arkanı dön olabilir , birini hissettim _ delici benimkine bas _ popo _

" sen bende yok düşünmesi istendi _ veya Öneriler ile yap Erika."

"Üzgünüm hanımefendi ." Sandra benden uzaklaştığında banyoya gittim . _ _ _ _ _ Bu daha yoğundu beklediğimden _ _ vardı , fark ettim ve sordum ben gibi _ uzun sürer _ ben bozulup çıkana kadar yapardı . Cımbızı buldum ve ayrıldım Sandra'nın televizyon izlediği oturma odasına geri dönün oturdu _ Televizyon izlemek için havluyu sehpanın üzerine koydum . _ _ Görmek olabilir ve yayılabilir Daha sonra düşünmek bana bacaklar _ ile incelemek _

" Hayır ayaktasın . Olumsuz Erika, televizyonun önünde duruyorsun . önümde böylece izleyebilirim _ _ her biriniz gibi olabilir _ saç dışında seninki kedi kopar ." iç çektim içe dönük ve dönmüş bende öyle _ düşünmek Pussy Sandra açığa çıktı ve başladı uzun ve sıkıcı ile _ süreç , saç bireysel olarak ile kaldır .

hakkındaydım _ bir yarım Saat dürtü almaya başladığımda bunu yapmak _ _

ile işediğimi hissediyorum _ _ _
zorundaydı . İlk başta bir şey demedim
ve Sandra odadan çıkınca bir şey
sordum . ile yapmak için , düşüncesizce
banyoya gittim . Döndüğümde
Sandra'nın ayakta bana baktığını
gördüm . _ bekle _

"Hangi Cehennemdeydin?" O diye sordu
ben _

" Tuvaletin hanımına , ben işemek
zorunda kaldım " dedi BEN korkmuş _

" ben olabilmek Ben Olumsuz izin
hatırlatırım _ _ _ Ek olarak verilen ile var
, değil mi ? diye sordu.

"Hayır Hanım, çok üzgünüm Hanım"
diye cevap verdim.

"Üzgünüm, bu yeterli değil köle. Bana söyleneni yaptım ve masanın üzerine bir köpek gibi diz çöktüm. "Bacaklarını daha geniş aç," dedi. Dizlerimi masanın kenarlarına gelene kadar ayırdım. Odanın serin havasını açıkta kalan anüs ve amımda hissedebiliyordum .

Zas! Sandra'nın elinin delici tokatını kıçımda hissettim. Zas! Ve diğerinde de.

"Bunun ne için olduğunu biliyor musun?" Sormuştum.

"İzin istemediğiniz için hanımefendi," diye cevap verdim mahçup bir şekilde.

"Bu doğru. Ve eğer cezalandırılırsan, metresine teşekkür edeceksin çünkü o senin gerçek bir köle olmana yardım edecek. Anlıyor musunuz?"

"Evet Hanımefendi" diye yanıtladım. Zas! Eli labiama tokat attı ve çığlık atmak yerine dudağımı ısırdım. İçgüdülerim bunun yalnızca daha fazla belaya yol açacağını söylüyordu.

"Teşekkür ederim hanımefendi" dedim. Tekrar amımı tokatladı ve sonra üç kez daha ve sonra daha çok kıçımı tokatladı. Her seferinde ona vurduğu için teşekkür ettim.

"Tamam, şimdi, mülkümde saç sevmiyorum" dedi bana. bahse girerim ben havluda benim _ _ Alt kısım kostümden kırmızıydı dayak _ benimkine baktım _ _ labya _ Dayaklardan kıpkırmızı kesilmişlerdi . _ Ama ben de öyleydim _ _ _ olduğunu görünce şaşırdım _ arasında düşünmek dudaklar bir minik nem incisiydi . Bana nasıl davranıldığıyla ilgili bir şey oldu , başladı Ben aç .

Bazen en son başardım Saç dışında bana ait kedi ile koparmak _ oldum _ bana emretti _ arkana yaslan benim bacaklar ile yaymak ve benim Diz tamamen bana doğru çekmek için _ _ maruz kaldı .
Sandra ayrıldı üzerinde ve diz çöktü kendisi arasında o . inceledi _ düşünmek kedi aynen ama _ o dokundu o değil . Çok azgındım ! çok yakınsın var , yeterince yakın _ o muhtemelen düşünmek kedi dokunmak eğer _ _ o o dudaklar yaladı , ama yine de Olumsuz ile dokunma , yapılan Ben deli _ bunu istedim _ _ o Ben yalıyor _ umutsuz _ yapardım _ Olumsuz diye düşündüm _ _ _ olabilir _

Sonrasında A çift dakika Sandra beni yaladı ile bir Güzel benim tabanından uzun sızıntı kadar olan yuvalar ipucu _ Ama bu kadar. yapabilirdim _ nasıl _ hisset düşünmek meyve suları dışında bana ait kedi akın etti ve kendim gibi giymek izin verdim , kendime dokundum kendim , parmağım gevşedi _ kendisi

epeyce ışık arasında düşünmek dudaklar
_

" Yapmadığını görüyorum _ _ _ Gerçekten
anlıyorsun Erika , " dedi Sandra bana _ _
o Ben dahil izledim _ " Onsuz HİÇBİR ŞEY
YAPMAZSINIZ düşünmek izin _ sen git
Olumsuz tuvalette ve mastürbasyon
yapıyorsun _ değil . Gelmek burada ben _
düşün ben _ ders olmalı _ güçlendirmek
."

BEN ben _ düşündüm istemek eşit
Tekrar dövmek olmak _ Ve var olmasına
rağmen _ _ _ _ biraz acıtmak vardı ,
sevindi BEN Ben üzerinde . Ama Sandra
önderlik etti Ben ile bir ahşap sandalye
vardı _ bir çıtalı ahşap sırtlık Ve A masif
ahşap koltuk . koltukta _ öyleydi bir
küçük geniş derinleşme kalıplanmış , Ve
BEN orada oturdu , mesela BEN bağımlı
oldu .

"Bana ellerini ver," dedi Sandra arkamdan. Onları arkama yerleştirdim ve yakalandılar ve hızla sandalyeye bağlandılar. Sandra daha sonra önüme geldi ve ayak bileklerimi de sandalyeye bağladı. Sonra sandalyeyi (elbette ben üzerindeyken) oturup onu izleyeceğim yere taşıdı. Sonra Sandra mutfağa gitti ve büyük bir bardak suyla geri geldi.

Erika'yı iç, dedi bana. Bardağı dudaklarıma dayadı ve yarısını nefes almadan içtim. Sonra aldı ve ağzıma döktü. Bunu beklemiyordum ve kaldırabileceğimden daha fazlası vardı. Dudaklarımdan akıp boynumdan göğüslerime ve koltuğa aktı Çok sığ bir su birikintisinin içinde oturuyordum. Anüsümde ve dudaklarımda soğuk suyu hissedebiliyordum. Ancak, onu taşımak için yapabileceğim çok az şey vardı.

Sandra beni yalnız bıraktı ve ben de oturup onu televizyonda izlemek zorunda kaldım. Ne zaman bir reklam

gelse, bardağı doldurup içmeme izin
verirdi. Bu iki saat boyunca devam etti.

Yine işeme ihtiyacı hissettim. çaresiz
kaldım Ne kadar su içtiğimin sayısını
unutmuştum ama mesanem patlamak
üzereydi! oturduğum yerde kıvrandım
ama _ _ hiçbir pozisyon yardımcı olmadı.

" Çiş yapmak zorunda mısın köle ?"
Sandra bana sahip ne zaman sordu _ o
Ben dahil görmüş _

" Evet Hanımefendi " dedim tuvalete
gitmek üzere olduğum için rahatlayarak .
izin verildi .

"O zaman işemek için benden izin aldın,"
diye yanıtladı.

"İşemem için beni çözebilir misin
hanımefendi?" diye sordum.

Sandra, "Bağımsız bir köle olmanıza
gerek yok, sadece işeyin," dedi.

"Burada?" karışık sordum

Sandra öne çıktı ve sol göğüs ucumu baş
ve işaret parmaklarının arasına aldı.
Sertçe çekti. "Dikkat. Çiş," dedi ve tekrar
çekiştirdi. denedim _ Ben ile rahatla _
değildi _ kolay _ Sandra dik durdu
önümde _ ben değildim bana birini
verme _ _ dahil izledim _ ben de
öyleydim Olumsuz olağan , bağlı olmak _

gelebilirim _ _ _ hissetmek , bu ilk
sarhoşluk, akış dışında bana ait mesane
ile düşünmek dudaklar _

atık _ Olumsuz benim zamanım, köle ,
çiş, " dedi Sandra bana . hissettim _
Düşünmek işemek patlamak arasında

düşünmek dudaklar dışarı Nasıl bir
gelgit , bir bent molalar _ Sandalyeye
sıçradı ve sonra kenardan ve karışık
kendisi beni çevreleyen su ile _
buralarda toplanmış vardı .

Sandra diz çöktü kendisi önce Ben aşağı
ve bükülmüş ben hayret ederken kendisi
_ izlendi , sonra ön yani kiriş _ _ bana ait
işemek üstünde o Bluz sıçrayan _

"Ah, iyi kız " dedi _ o bana ve sevindim
Ben iltifat hakkında . _ gördüm _ için ,
nasıl düşünmek Sandra'ya işemek _ Bluz
hiçbir şeye kadar sızdı Daha için İşemek
kalmıştı . o yakaladı sonrasında ileri ve
sürdü ile parmağını etrafımdaki çişin
içinden geçirerek _ _ _ _ popo ve benim
kedi eğitimli vardı , onları kaldırdı Daha
sonra ile bana ait meme ucu ve silindi o
hakkında . o biriydi ıslak , elektrikli
Titreyen dokunuş _ _ _ düşünmek Vücut
avlandı _ Sonra kalktı ve gitti Ben Orası
geri _ biliyordum _ ne yapmam
gerektiğini değil . oturuyordum _ sadece

birinde _ düz gülmek bana ait sahip olmak işemek _

Sandra döndü geri _ Bardağı tekrar su taşıdı . o bana sahip Ek olarak getirdi _ _ içmek _ Sonra saçımı tuttu ve yüzümü göğsüne çekti.

"Meme kölemi em," dedi bana. Göğsünü yüzüme doğru itti ve ben de ağzımı açıp çişimle ıslanmış bluzunu giymiş göğsünü emdim.

"Biliyorsun, senden hoşlanmaya başladım, köle. Bluzunu ve ardından sütyenini çıkardı. Onunkini okuduğumda neredeyse kelimenin tam anlamıyla salyalarım aktı göğüsler gördüm _ sen _ inanılmaz _ izin verdi o su birikintisindeki giysiler dışında Çiş ve su düşer ve oturdu Daha sonra basitçe sadece orada ve ben her zaman televizyon izledim hala hızlı soğuma _ _ su birikintisi oturdum , hangi benim çıplak dudaklar ve benim fırfırlı küçük anüs hissetmek olabilir _

hala yapmak zorundayım bir yarım Saat Orası oturdu ve ben diye sordu eğer bütün gece buradaysam _ _ _ geriye kalmak . _

" Benim için yatma zamanı git , " diye duyurdu yanında olan Sandra çıplak , olağanüstü büyük göğüsler önümde duruyor ve ben alay _ " Şimdi yapacağım _ Çöz , Erika , demek istiyorum _ talimatlar takip et yapacağım _ Ben yatmaya hazır yapmak _ Ben bunu yaparken sen de bu pisliği temizleyeceksin . Sonra odama gel ve ben gelene kadar beni yala. Anlıyor musunuz?"

"Evet Hanımefendi" diye yanıtladım. Sandra arkama geçti ve beni çözdü. Sandra uzaklaşırken bileklerimi ovuşturdum ve sonra yerdeki, sandalyedeki ve Sandra'nın bluzundaki pisliği toplamaya koyuldum. Duşu duydum ve kısaca bunun mastürbasyon yapmak için harika bir fırsat olacağını düşündüm ama temkinliydim. Şansımı bildiğim için yine yakalanıp cezalandırılacaktım. Ve Sandra'nın bundan sonra ne bulacağını kim bilebilir?

Banyodan çıplak çıktığını görmek için yatak odasına zamanında girdim. o çok seksiydi Sandra yatağa uzandı ve bacaklarını açtı. "Beni köle ye" dedi bana.

Bacaklarının arasına girdim ve ipeksi, tüysüz kedisine baktım. Dudakları çoktan şişmişti, belli ki biraz aşka hazırdı, klitorisi dimdikti ve dudaklarının arasından dışarıyı gözetliyordu. Dudaklarını ayırmak için parmaklarımı kullandım ve sonra dilimi yarığından içeri iterek klitorisini yukarı ve yukarı doğru ittim.

"Ah evet," diye mırıldandı, beni cesaretlendirmeden ve devam etmemi talep etmeden önce. Dilim, amının üzerinde ve üzerinde, içeri ve dışarı ve ileri geri çalıştı. Kendi sıvılarımın dudaklarımın arasından aktığını hissedebiliyordum, o kadar heyecanlanmıştım ki. Umutsuzca biraz ilgi istedim ama metresimi memnun etmeye odaklandım. Tadı harika.

Nefesinin kısaldığını, nefesinin kesildiğini ve nefesinin kesildiğini duydum ve o gelirken başım bacaklarının arasına sıkıştı ve yüzüme bir sıvı fışkırdı! Yaladım ve höpürdettim ve Sandra zevkle çığlık attı ve seğirdi.

"Aferin Erika," dedi sustuğunda ve bu iltifata ne kadar sevindiğime şaşırdım. Sandra çarşafına yayılan ıslak lekeye baktı ve gülümsedi.

"Sanırım temiz bir köleye ihtiyacım var."
Bana onu nerede bulacağımı söyledi ve
ben de onun için bir tane almaya gittim.
Yatağın üstüne koyduktan sonra (Sandra
sürekli beni izliyordu) ona ıslak olanla
ne yapacağını sordum.

"Ah, yapabilirsin Açık Bu Hazine uyku _
Ayak ucunda benim yatağım. " BEN
bilgilendirildi _ Sandra izin verdi Ben de
ayak ucu yatağında yatarken _ ve birini
bağladı bilek karyola direğine , onunla _
BEN Ben Olumsuz çok ondan uzak _
kaldırıldı olabilir _ O bana söyledi _ meli
bacaklarımı aç ki _ _ o kendisi düşünmek
kedi Hala bir kere görüş olabilir _ O
parmağını _ içinden geçirdi _ düşünmek
yuva Ve Benim Taşınmak kemerli
kendisi Ve kontağı denedim _ sürece _ _
olası sürdürmek için . parmağı içime
girdi _ _ tıkalı Ve BEN çığlık attı Açık ve
neşe ben _ _ sonrasında bir gün
mahrumiyet Sonunda algı izin verildi .
öyleydi _ geri çekilmiş Ve BEN testere

Sandra'nın nasıl temizlediğine _ _ berbat

_

" iyi gece köle . " sen zıpladı Açık the
yatak _ " ve eğer _ _ ne zaman işediğini
sor _ olmalı , orada yap, öyle olsun çünkü
ben _ bağlamak yarın sabah izinlisin . "
Ve Bununla duyulmuş BEN Hiçbir şey
ondan daha fazlası _

BEN gerekli uykuya dalmak için oldukça
uzun bir süre , ama ben sonunda başardı

. _

Uyandığımda Sandra çıplak duruyordu .
üstümde _ en güzeliydi Görüş o uzun ,
uzun bacaklar yukarı , ona kel yarık
üzerinde , kadar alt taraf eğriliği onların
göğüsler , sonra kafası _ önünde eğildim ,
bu yüzden yüz yüze geldim gördüm _
gerdim _ ben ve zaten _ olduğumu
buldum _ çözülmüştü .

" Bunlar senin için " dedi o bana ve sola gülümseyen A mavi pamuk külot üstüme düş

"Ah, teşekkür ederim Hanımefendi," dedim gerçekten memnun bir şekilde. Onları giymemi izledi ve sonra beni önünde dikti.

"Hanımefendi, lütfen tuvaleti kullanabilir miyim?" Ona biraz gergin bir şekilde sordum.

"Hayır. Diz çök" dedi bana. Onun önünde diz çöktüm. "Gitmeye hazır olduğunda, o külodun içine işe, köle. seni onun gibi görmek istiyorum _ ıslak yapıyoruz . " Oturdu kendisi içinde çapraz bacaklı önce ben ve bekledim . Sürdü _ Olumsuz ben yapmayana kadar Daha tutmak ben sadece _ sonra olabilir uyanmıştı . Bu karıncalanmayı ve aceleyi hissettim ve sonra _ külot oldu _ ıslak , benim işemek kumaşı ıslattı ve koştu Daha sonra

Benim bacak aşağı _ paylaştım _ o
kolayca ve üzerinde uyuduğum çarşafın
üzerine düştü vardı .

Sandra, "Çişini izlemeyi seviyorum köle,"
dedi. "Artık beni izleyebilirsin." Önümde
durdu ve hafifçe geriye yaslanarak
parmaklarıyla dudaklarını açtı. Ondan
bir yay gibi keskin bir sıcak sidik
fışkırdığında, göğsüme çarptığında,
meme uçlarımdan ve midemden amıma
doğru aktığında ne yaptığını zar zor fark
ettim . Sıcak çişini kel dudaklarımda
hissettim.

Sandra bana gülümseyerek, "Ah, harika
bir köle oluyorsun, gözünü bile
kırpmadın," dedi. Ellerini uzattı ve ben
de benimkini onunkilere yerleştirdim.
Beni ayağa kaldırdı ve beni kendine
çekti, çişinden ıslanan vücudum
onunkine bastırdı. Yüzüm meme
uçlarının hemen üzerindeydi ve kendimi
onun harika göğüslerine doğru itildiğimi

hissettim. Gerçekten onun büyük meme ucunu emmek istedim.

Sandra, "Gel ve benimle duş al Erika," dedi. Banyoya gittik ve kısa bir süre sonra, çoğu hala külotumla, onunla birlikte girintide duruyordum. Sandra, anüsüne dikkat ederek ve parmağımı dar deliğine sokmam için ısrar ederek onu iyice yıkamama izin verdi. Sonra sabunu benden aldı ve vücudumu yıkamaya başladı.

Ellerini küçücük göğüslerimde gezdirmeye başladığı zamanki kadar bir kadının dokunuşunu hiç bu kadar arzulamamıştım. Göğüs uçlarıma hafifçe vurdu, çimdikledi ve alay etti ve ben her dokunuşta inledim.

Sandra beni ıskalaması için su jetini hareket ettirdi ve sonra eli külotun içine girdi ve kalçamı sabunladı. Parmağının anüsüme bastırdığını hissettim ve biraz içeri doğru kaydığını hissederek geri ittim.

"Bu seni öldürmeli, Erika, bahse girerim şu anda istediğin tek şey boşalmak."

"Ah evet Hanımefendi," dedim titreyen sesimle. Bir ustura alıp elinde döndürdüğünü gördüm. Sapı sabunla lekelemeye başladı ve külotun bacaklarımdan aşağı çekildiğini hissettim. o döndü Ben duvara ve izin ver Ben düşünmek eller önce Ben yat ve benim bacaklar yaymak _ Daha sonra jilet sapının ucu anüsüme sokuldu . _ _ _ _ BEN inledi ve oldu _ Daha güçlü karşılaştı .

Sandra duydu Olumsuz tüm elim derinlerimde olana kadar _ _ eşek , _ sadece the alevlendi sonu nerede normalde the Ustura uygun engellenirdi _ _ o daha fazla hatırla içeri itmek için O döndürdü içimde , sapın kıvrımı döndü kendisi benim _ popo _ benim için neredeyse yeterliydi _ _ için orgazm ile sürüklenme _ Neredeyse ama değil bütün _

Daha sonra geri çekildi canım _ _ popo oldu yıkanmış Ve the külot pozisyonuna geri çekildi . Tekrar öyleydi düşünmek kedi ayrılmak olmuştur . Biz gelmek duştan _ _ ve Sandra kurutuldu kapalı _ oldum _ HAYIR El havlusu verilen _

Sandra daha sonra beni yatak odasına götürdü ve yapması gereken bazı işleri olduğunu söyledi. Yatağına yatırılıp bağlanırken, ne kadar azgın olduğum konusunda iyi bir fikri olduğunu ve o yokken doruğa çıkmayacağım konusunda bana güvenmediğini söyledi. Bu yüzden hareket özgürlüğü ile kısıtlandım ama düğümlerden herhangi birine veya amcığıma ulaşacak kadar değil. yarattığım en iyi _ bir el benimkinde olabilirdi _ meme başı ile al

_

Sonra yalnızdım .

Saatler sonra yatak odasına giren
seslerle uyandım.

İKİNCİ KISIM

Kapı zili çaldı.

Sandra'nın, "Git ve kapının önünde kim varmış gör, Erika," diye seslendiğini duydum. Endişeyle kapıya gittim. Ne de olsa evde külottan başka bir şey giymeme izin verilmedi, orada kim varsa küçük göğüslerimi ve dik meme uçlarımı görebilirdi.

Gözetleme deliğinden tereddütle baktım ve orada duran bir adam gördüm.

Çarpık görüşten gerçekte nasıl göründüğünü anlamak zordu ama bir takım elbise giyiyordu.

"Harika, kendi kendime düşündüm, bir satıcıya yılın en büyük heyecanını yaşatmak üzereyim!" Kapıyı açtım ve etrafını görebileceği kadar araladım.

"Evet?" Diye sordum.

"Sandra orada mı?" diye sordu, gözlerini yüzümden boynuma ve köprücük kemiklerime kaydırarak. Dudaklarını yaladı. Sanırım kapının arkasında düzgün giyinmediğimi biliyordu.

" kim arayabilir miyim ? " _ _

"Dan."

" bekle bir tane buraya lütfen Bir dakika " dedim _ dedi ve kapıyı kapattı . yaptım _ beni arıyor _ Sandra'ya ve onu buldu tuvaletten çıkıyor . _

"Burada seni görmek isteyen bir Dan
var, Sandra," diye bilgilendirdim onu.

"Ah, ne güzel," diye haykırdı. "Lütfen git
ve onu içeri al, sonra salona götür."

Kapıya döndüm ve açtım, bu sefer Dan'in
içeri girmesine yetecek kadar genişti.
Bakışlarının vücudumda aşağı yukarı
dolaştığını hissettim ve samimi
değerlendirmeye tepkimi hissettim.
öyleydi _ Hiçbir şey dedi , ama Dan
onunla fuayeye girdi . ben kapı _ kapalı
olabilir _

"Beni takip edin, lütfen," dedim salona
doğru yürürken. Omzumun üzerinden
bir bakış, beni takip ettiğinden emin
oldu ve aynı zamanda gözlerinin bu
noktada külotlu kıçıma yapıştırıldığını
söyledi.

Dan'i Sandra'nın kanepede oturduğu
salona götürdüm . Dan geldiğinde ayağa
kalktı ve ona girdi . ile sarılmak _

"Hey Dan, seninle tanışmak çok güzel .
gör !" dedi.

"Sandra için de aynı. İş için şehirdeydim
ve uğramam gerekti."

"Bir şey içmek istermisiniz?"

"İskoç?" diye sordu.

"Doğal olarak. Erika, lütfen Dan'e bir
viski getir. Dan ile onaylayarak söyledi.
Başını salladı ve sehpanın diğer
tarafındaki likör dolabına gittim, o ve
Sandra'nın şimdi kanepede oturdukları
yerden. "Bana da bir tane al," diye ekledi.

Öne doğru eğildim ve şişeyi dolaptan alırken dizlerimi düz tuttum, alt kattan bir şeyler alırken bana söylendiği gibi külotlu amım Sandra'nın dik durduğundan emin oldum. Sandra bacaklarımı beğendi ve onlara hayran olma fırsatını kaçırmamı istemedi.

Dan'e bir içki uzattım ve Sandra'ya da kendisininkini verdim ve o "Teşekkürler Erika, minderin üzerine oturabilirsin" demeden önce salonun köşesindeki bir minderi işaret etti ve ben de gidip bağdaş kurarak bana doğru oturdum. Onlar konuşurken Dan'in bakışlarının ara sıra göğüslerimde gezindiğinin farkındaydım.

Yaklaşık yarım saat konuşmuşlardı ve ben birkaç kez içkilerini yeniden doldurmuştum ki Sandra bana bir kez daha baktıktan sonra Dan'e, "Yeni oyuncağımı beğendin mi?"

"Çok isterim, o çok tatlı Sandra, harika
bir iş çıkardın."

"Evet, o da oldukça çabuk öğrendi," dedi
Sandra ve bende bu övgü karşısında
sıcak bir parıltı hissettik.

Dan, "O küçük göğüslerde her zaman
dikkatimi çeken bir şey var," dedi.
"Aslında söyleyemem çünkü genellikle
senin gibi hoş, dolgun bir kızdan
hoşlanırım ama onda bir şeyler var..."

Sandra, "Ne demek istediğini
anlıyorum," diye yanıtladı, "başlangıçta
ben de aynı şekilde hissettim. Şimdi
bunu hafife alıyorum.

" Sana yap _ bir şey denersem kapatır
mıyım ? " _

" Tabii ki değil . Erika, lütfen buraya gel."
Ayağa kalktım ve ikisine doğru
yürüdüm. "Burada diz çök." Önlerinde
diz çöktüm. Dan uzanıp göğsümü okşadı
ve ardından sol meme ucumu
başparmağıyla işaret parmağının
arasına aldı. çektim ve büktüm ve
göğsümden yakıcı bir ağrının geçtiğini
hissettim inledim ve kendime engel
olamadım.

Sandra aynı anda uzanıp sağ meme
ucumu çekiştirdi ve ben tekrar inledim.

"Bunlar oldukça küçük meme uçları,
değil mi?" dedi Dan'e, o da kabul etti.
İkisi bir süre meme uçlarımla oynamaya
devam ettiler ve sonra aniden (ya da
bana öyle geldi) durup sohbetlerine
devam ettiler. Bana başka bir şey
yapmam söylenmediği için öylece diz
çöktüm.

Sonra daha fazla içki almam istendi ve aldım. Onu doğurduktan sonra, nereye döneceğimi bilemeden, önünde ya da köşede diz çökerek tereddüt ettim. Sandra fark etmiş olmalı ve bana yeniden onların önünde diz çökmemi söyledi.

"Ama o külotu çıkar, Dan'in senin yolulmuş amını görmesini istiyorum..." diye ekledi ben zeminin yarısına geldiğimde. Tekrar ayağa kalktım ve külotumu bacaklarımdan aşağı çekerek pürüzsüz, çıplak höyüğümü ortaya çıkardım. Dan oturdu ve bana hayran kaldı, bakışları amımda kaldı.

"Pekala, kesinlikle güzel bir amcığı var, yolacağını mı söyledin?" Dan pantolonunun ağını ayarlamak için bir elini kullanırken dedi.

"Evet, saçtan hoşlanmadığımı ve kirli sakalları tıraş etmekten hoşlanmadığımı biliyorsun, bu yüzden ona oturup tek tek saçını yolmasını sağladım. çok _ hoş ve bence onların _ kedi görür bu sayede fazla daha iyi kapalı _

" Öyle olduğuna bahse girerim Güzel yakından. "

" Hatırlıyorum _ _ değil , bende var o Olumsuz izin , bir şey ile onların kedi ile yap ve ben de değil , beri o Burada . _ Doğru olanı almalısın _ kazan , bu evde temiz becerdin ile olmak . " _ o güzel ve ıslak ama , " diye ekledi Sandra , atılan külot ve Dan'e kasıktaki ıslak izi gösterdi

.

O Konuşmak üstünde ben , olarak Eğer orada olmasaydım , bana başladı _ _ _ aç . bütün _ nesne işleme vardı Ben Birinci demoralize ama _ Şimdi bana dedi ki, " Bu rolün ve yapacaksın tahmini _ Keyfini çıkar ve tadını çıkar ." Bu, Dan'i bariz

kılıyordu . ayrıca , çünkü o vardı bir
bariz pantolonunda ereksiyon .

" Neden Dan, yardıma ihtiyacın olan bir
şey mi var ? ihtiyaç var mı?" diye sordu
Sandra , o otururken . hazırlanmış _ _
ayarlamak için gerildi _ bir el dışarı ve
okşadı onun kuyruk pantolonunun
içinden .

" yapardım bir şey Yardım hoşgeldin ."

"O zaman daha iyi duruyorsun yukarı "
dedi o ile o . Dan ayağa kalktı ve Sandra
bana pantolonunu ve onunkini açmamı
söyledi . kuyruk çık ama _ o Olumsuz
dokun . Kemerini ve ardından yere
düşen kot pantolonunun düğmelerini ve
patlarını çözdüm. Harika bacakları vardı
ve saçları olmadığı için bisikletçi
olmalıydı. Aleti, aletini kıstırmadan veya
dokunmadan hareket ettirmeye dikkat
ederek çıkardığım boxerına çarptı. Uzun,
kalın ve çok etkileyiciydi. Uzanıp ona

sarılmak istedim ama bunun hayal edebileceğimden daha fazla bela olacağını biliyordum.

Dan kanepeye yaslandı ve Sandra eğildi ve Dan'in aletini yalamaya başladı. Dilinin damarların üzerinde nazikçe dans etmesini ve başının etrafında kıvrılmasını izledim . Dan inledi.

"Göğüsleriyle oynayabilirsin, Dan ve tümseğine dokunabilirsin ama dudaklarına dokunma veya dudaklarına girme," dedi Sandra aletini ağzının derinliklerine çekmeden önce. Yavaşça onun uzunluğu boyunca yukarı ve aşağı kaydırdı.

Dan uzandı ve beni sağ göğüs ucumdan kendine çekti. Diğer elinin parmakları tümseğimin pürüzsüz derisi üzerinde dans etti, dudaklarıma dokunmadan tehlikeli bir şekilde yakındı. Sonra tekrar göğüs uçlarımı çekiştirdi. Zor. Canımı yaktı, o kadar sert çekiyordu ki onu incittiğinden emindim ama bağırmadım, orada öylece durdum ve ağzına bir sik kayarken Sandra'ya konsantre olarak acıyı üstlendim.

Sutyenini ve görkemli bir şekilde serbest kalan iri göğüslerini bırakmadan önce durakladı ve üstünü başının üzerine çekti. Dan'in aletini tuttu ve göğüslerinin arasına yerleştirdi, elleriyle göğüslerinin arasında tuttu. Daha sonra ağzından horozunun ucuna tükürdü ve göğüslerini horozunun her iki yanında yukarı ve aşağı kaydırmaya başladı.

Dan, bana dikkat etmeyi bıraktı ve Sandra'nın horozunu göğüsleriyle becermesini izledi. Sonra dilini vücudunun üzerinde çalıştırmaya başladı, ta ki onun üzerinde yatana kadar, göğüsleri göğsüne bastırdı ve bacakları onun iki yanına yayıldı. Dan eteğini beline dolanana kadar çekti. Sonra külotlu çorabını aldı ve parçaladı.

Sandra hortumunun altına don giymemişti.

Sandra öne eğildi ve Dan aletini tuttu ve amına doğrulttu. Kendini geri iterek, onu içine gömmek için direği boyunca kaydırdı. Sandra sert aletini aşağı yukarı hareket ettirirken yanlarında durdum, bekledim ve ne yapacağımı merak ettim. Sandra aklımı okumuş olmalı.

"Gel buraya," dedi bana ve ben yeterince yaklaşır yaklaşmaz meme ucunu ağzına aldı ve aşağı yukarı zıplayarak hevesle emdi. Sonra Dan, Sandra'yı pozisyon değiştirene kadar geri itti ve Sandra onun üzerinde asılı kaldı, misyoner pozisyonundaki aletini onun içine soktu, her içe doğru itişte taşakları Sandra'ya çarptı.

Onun homurdandığını duydum ve onu tuttuğunu gördüm ve onun horozunu

dışarı çekmeden önce onun içine derin
bir şekilde cum fışkırttığını gördüm.

"Teşekkürler Sandra, her zamanki gibi
harikaydı," dedi ona.

Sandra bana bakarak, "Temizle şunu
Erika, ağzını kullan," dedi. Diz çöktüm ve
Dan kanepede bacaklarını açarak
oturdu, aleti hâlâ taze ve bunların
birleşmiş sıvılarıyla parlıyordu. Ağzımı
kullandım, horozunu yaladım ve
şehvetini temizledim. Bunu yaptığımda,
tamamen dik bir duruma tekrar yükseldi
ve emmek için bu kadar büyük bir sike
sahip olmaktan keyif aldım.

"Dur Erika, o temiz. zorundasın _ Ben
Şimdi temizlik _ Ve bu sefer
duymuyorsun _ _ ben kadar _ gel . ”
Sandra bana söyledi . BEN etkilenmiş
Ben arasında bacakları ve _ o süzülmek
sonrasında ön , sen yukarı kenarda popo
_ asılı , bacaklar için Ben yaymak _

Amına hayran kaldım ve dilimi yavaşça labyasına koydum, onları yaladım ve temizledim. Sonra dudaklarının arasından ve anüsüne kadar cum akışını gördüm. Dilimle peşinden koştum, bana verilen görevin gereklerini yerine getirmek için onun büzülmüş deliğinin her tarafını ve üzerini yalamak zorunda kaldım. Dilim anüsünün üzerinde dans ederken Sandra yüksek sesle inledi.

Dudaklarının arasına el yordamıyla girdim, yaladım, emdim, ağzındaki meni temizledim ve sonra klitorisine doğru ilerledim. Dilimin ucunun üzerinde gezdirdim ve sonra tekrar aşağı indirip dilimledim. Gözümün ucuyla Dan'in beni Hanımıma bakarken aletini okşadığını görebiliyordum.

Bir ritme uydum ve Sandra'nın çığlık attığını ve orgazmından vücudunun

sarsıldığını duyduğumda
ödüllendirildim.

İyileştiğinde artık köşeye
dönebileceğimi söyledi. Odaya geri
döndüğümde amımın ne kadar ıslak
olduğunun kesinlikle farkındaydım. Dan
ve Sandra biraz daha oturup konuştular,
ikisi de kıyafetlerini düzeltmeye zahmet
etmeye değmezdi.

Dan bir keresinde "O kesinlikle sevimli
bir genç oyuncak" dedi. "Ağzına boşalma
şansım var mı?"

"Başka bir fikrim var. O çok iyiydi ve bir
ödülü hak ediyor. O kadar iyi değil,
kusura bakmayın, diye ekledi Sandra,
onun gözlerinin parladığını görünce.
"Benimle gel Erika," dedi. Sandra'yı bir
iple beklediği yatak odasına kadar takip
ettim. Kollarımı yanımda tutmamı
sağladı ve ön kollarımı hareket
ettirebileyim ama üst kollarımı hareket

ettirebileyim diye dirsek hizasında ipi etrafıma bağladı. Göğsümün etrafına sarabileceği kadar uzundu, üst kollarımı tamamen sabitledi ve bana rehberlik etmesi için yeterli uzunlukta bıraktı.

Ve yaptı, Dan'in diğer koluna birkaç ip dolayarak beklediği salona geri döndü.

Dan bizim yaklaştığımızı görünce, "Bu şimdi ümit verici görünüyor," dedi.

"Diz çök Erika," dedi Sandra bana. Diz çöktüm ve Sandra'nın bacağımın arkasına başka bir ip sardığını hissettim. "Şimdi topuklarınızın üzerine yaslanın ve sonra başınızı yere yaslamak için öne doğru eğilin, böylece dizleriniz göğsünüze dayansın." Bunu böyle yaptım. Şimdi katlanmış bacaklarım tarafından dizlerimin arkasına sıkıştırılmış olan ipin uzunluğu boynumdan geçirildi ve sonra önüne bağlandı. Sandra beni biraz ayarlıyor.

Ön kollarım ve bacaklarımın alt kısmı yerde, hareket edemeyecek şekilde katlanmış, popom geriye dönük olarak sona erdi. Rahat değildi ve bunun sadece Sandra'nın Dan'in beni becermesine ve beni biraz kefaret etmesine izin vermesi anlamına gelebileceğini umdum.

Neredeyse ben de şanslıydım.

Bir parmak yavaşça sol dış dudağımı okşarken Sandra'nın arkamdan, "Bunu kendime saklayacağım," dediğini duydum. Dokunuşuyla ürperdim. "Ama bence bu oyuncağı biraz kullanmanın zamanı geldi. Ne de olsa oyuncaklar, ambalajlarında rafta bırakılmak yerine oynanmak içindir. İşte bu yüzden onu burada becermene izin vereceğim, Dan."

Parmağının anüsümün ortasında hafifçe durduğunu hissettim.

"Şimdi seve seve kabul edeceğim bir hediye var," diye yanıtladı Dan.

Sandra, "Onları senin için hazırlamama izin ver," dedi. Odadan çıkıp geri geldi. İlk hissettiğim şey dilinin anüsümü hafifçe yalamasıydı. Vahşiydi. istedim _ cevap ama oldu yapmak için çok sıkı bağladı . Sonra nasıl hissettim _ bir şey Mükemmel üstünde düşünmek popo koştu .

Sandra anüsüme sürtmeye başladı. Bu yağ olmalı , diye düşündüm kendi kendime. _ olmadan anüsümü sıktı _ _ istila etmek , sürmek ile onun parmağı veya Baş parmak bir sırasında girişin üzerinde _ ileri geri , geldikleri noktaya _ _ _ _ onun parmağı bende kazığa _ tersledim _ sonrasında hava olarak _ dirence kesin olarak karşı çıkar bana ait kas halkaları geçti _

O kaydırdı _ _ ondan önce birkaç kez
girip çıkıyor _ Daha yağlayıcı ve bir _
birinci parmakla ikinci parmak _ içeri itti
BEN nefesi kesildi .

"Tamam Dan, yapabileceğini
düşünüyorsun . bu ? " sordu o gülüyor _

"Ah, eminim yapabilirim," diye yanıtladı.
BEN onun büyük ucunu hissettim _
benim anüs üzerinde dinlenme horoz .
basınç _ alınmış yavaş için , ben kadar
içimde gevşediğini hissettim . _ _ BEN
her biri için dudağımı ısırdım gürültü ile
bunu bastır _ BEN yapmak kendisi _ iken
yapabilir _ yavaş ama emin adımlarla
içimde hazırlanmış _ BEN abilir Olumsuz
inan nasıl _ kendin için büyük hissettim _
BEN aranan Ben dakik özelleştir , ben
Açık the gelen hazırlamak , ancak izin
verilmedi . Acımasızca itti ve benim onu
içeri almaktan başka seçeneğim yoktu.
Ve sonra durdu. Aletini o kadar içimde
tuttu ki bademciklerimi dürtmeye hazır

olduğunu sandım. Sonra tekrar geri çekildi. Harikaydı.

Tekrar bastı; Tekrar içeri girdim ve tekrar birlikte eridiğimizde Sandra'nın üzerimize yağ damlattığını hissettim. Onun horozunu ve anüsünü geçerek amıma damladı ve ona dokunmayı özlemiştim. Dan şimdi kıçımı becermeye başladı ve ben alıştıkça, kıçımı delmesini teşvik etmek için hafifçe sallamaktan gerçekten keyif aldım.

bunu istedim _ _ düşünmek klitoris dokundu olacak _ Ateşler içindeydim . olacağını biliyordum _ _ sadece en ufak temas etmek bana ihtiyacın var _ için hortumla yıkamak ile getir , nasıl hala _ Asla önce yaptı vardı ama yapabilirdim _ _ ona hiçbir şey yapma ulaşmak _ Sonra Dan geldi ve kıçımı menisiyle doldurdu.

"Teşekkürler Sandra," diye önerdi banyoya gitmeden önce.

Sandra, onun yokluğunda, "Seni temizlememe izin ver, Erika," dedi. Dilinin amımın yarığını yaladığını hissettim anüsüme kadar yaladı ve hiç cum kalmayıncaya kadar emdi.

"Pekala, Sandra, gitmem gerek," dedi Dan banyodan dönerken. "Bu harika ziyaret için teşekkür ederim."

"Ne zaman istersen Dan, uğradığına sevindim," diye yanıtladı. Onu kapıya kadar geçirdi. Hala bağlıyken beni yan yatırdı ve sonra televizyon izlemek için oturdu.

Yerde yatıyordum, sadece televizyonu görebiliyordum, Sandra'ya sırtımı döndüm. Başımı onları görecek kadar uzağa çeviremedim. Bunun olması kaçınılmazdı ve aksini umarken işemek zorunda kaldım.

"Lütfen Hanımefendi, tuvalete gitmem gerekiyor," dedim, izin verilmesini beklemiyordum ama her ihtimale karşı sormak zorundaydım.

"Eh, ben televizyon izliyorum ve seni çözecek vaktim yok, bu yüzden ya gösterinin sonuna kadar dayanabilirsin ya da sadece rahatlayabilirsin. Sebat etmeye çalıştım ama nihayetinde boşuna, gösterinin bitiminden önce çişimi bırakmaktan başka seçeneğim yoktu.

İşim bittiğinde çişimin içinde yere yattım ve Sandra'nın bana doğru geldiğini hissedince şaşırdım. Elinin kalçamı okşadığını ve parmaklarıyla idrarla ıslanmış kedime dokunmak için kalçamdan aşağı kaydırdığını hissettim. Onları yarığımda ileri geri kaydırdı ve çok geçmeden üzerimi kaplayan nem değişti. Bir parmağım anüsümü yokladı ve yavaşça içeri girdi ve sonra, beni tamamen şaşırtacak şekilde, biri amımın içine girdi.

kedi ve aniden onu ne kadar istediğimi fark ettim. Sonra Sandra beni bağlayan ipleri çözdü.

"Hadi, biraz daha eğlenmemizin zamanı geldi." Son ipleri de çözdüm ve yavaşça yerden kalktım, bağlı oldukları yere masaj yaptım. Yaklaşık bir saat kadar bu pozisyondaydım ve ilk adımımda biraz tökezledim. Sandra beni banyoya götürdü ve duşu açtı.

Sandra elini vücudumun idrarımda olan tarafında aşağı yukarı gezdirdi. Islak eli göğsümü kavradı ve sonra başını meme ucuma indirdi ve emdi. Sonra duş kabininin tel kapısını açtı ve içeri girerek onu takip etmemi işaret etti.

Önündeki yeri işaret ederek, "Şuraya diz çök Erika," dedi. Yere diz çöktüm, yüzüm amıyla aynı hizada, gözleri yukarıda, sarkık göğüslerinin alt tarafına hayretle bakıyordum. Su Sandra'nın sırtına sıçradı ve o hareket ettiğinde sadece ara sıra başıboş bir jet almayı başardım.

Sandra ellerini kedisine getirdi ve dudaklarını önümde açtı, sonra hafifçe geriye yaslandı. Suyun bir kısmı şimdi omuzlarının üzerinden bana doğru akıyordu, bir kısmı da göğüslerinin arasından amına akıyordu. Gözlerim onun güzelliğini algılayıp görmezlikten gelerek izlerken işemeye başladı. Amından sıcak bir sidik fışkırdı ve boynuma vurdu. Sandra tekrar eğildi ve göğüslerimin her yerine işediğini izledi.

"Aç ağzını Erika, çişimi iç." Oturdum ve kıpırdamadan ona baktım. "Erika, bu bir istek değildi, bu bir emirdi. Çişimi iç." Akış şimdi durmuştu, Sandra onun isteğini yerine getirmeye istekli olduğumun bir işaretini vermek için belli ki geri çekildi. Uzandı ve saçımı tuttu, başımı geriye eğdi ve amının ağzımdan bir inç uzakta olması için üzerime bastı.

" yapma zor oyuncak ._ _ Görünüşe göre hala mısın _ Olumsuz sana verdiğim zevk için hazır izin vermek istedim . " gibi hissettim _ o benimkine işemek _ dudaklar tanıştım ve onunla sıkıştırılmış _ sırasında tutuldu o üstünde onun , benim boynumdan ve göğsümden aşağı aktı . İşi bittiğinde benden uzaklaştı ve duştan çıktı. Tekrar içeri girdi ve suyu kapattı.

Hareket etmedim çünkü ruh halimin değiştiğini hissettim. Sandra yavaşça kurulandı ve sonra odadan çıktı. Geri döndüğünde oturma odasından kablo parçaları vardı. Gözle görülür derecede nemliydiler. Sandra bir tanesini aldı ve onu takip etmemi söylemeden önce boynuma doladı . Sıkı değildi ve ayrıca bunun bir düğüm olmadığını da fark

ettim, aramızdaki ilişkiyi yeniden
tanımlıyor gibiydi. usta ve hizmetçi.

Yatak odasına döndüğümde Sandra bana
köpek pozisyonuna geçmemi söyledi.
bana söyleneni yaptım öyleydi ve o _
gitmiş ile o dolap . Sonrasında o bir
sırasında bunda avlanmak gelmişti _ _ o
ile bir büyük siyah yapay penis ve bir
tüp madeni geri _ Hızla anüsümü
kullanmaya başladı . _ bir parmak sırası _
şimdi bunu bana bulaştırmak için itti
vardı . Sonra taşındı o kendisi önce ben
ve damlayan Büyük yağlama _ lastik
parçası o düzenlenen , doğrudan önce
düşünmek gözler _ sahiptim _ HAYIR
nasıl olduğu hakkında bir fikir Pislik
yerleştirmek gerekir .

Ancak, yakında ne zaman olduğunu
öğrendim yavaşça _ _ ama şiddetle karşı
Benim fırfırlı delik preslendi . kendimi
hissettim _ _ _ _ uzatılmış , daha fazla her
zamankinden daha fazla . emindim ki _ _
o anüsümü yırt _ olur ama _ o ne

yaptığını biliyordu . Tatmin olması 15 dakikasını aldı . gibi olmak _ bu canavarın çoğu benim içimde _ _ popo vardı ve sonra duyulmuş yukarı . nefes aldım rahatlamış _ _ o onu durdurdu _ Daha derine ile basın _ Ellerim ve dizlerimin üzerindeydim ve yapabilirdim tekrar hisset _ _ _ ne zaman kaçtı gitmesine izin verdi . Bu _ Ancak , Sandra bir anda aniden durdu . kordon etrafına bağlandı ve sonra etrafında bir bacak , diğer ve ayrıca boynum _

onun gibi ben yanda _ koymak , oldu düşünmek Eller yatağın ayağında bağlı ve benim ayak bilekleri birbirine bağlı

Sandra, "İyi geceler oyuncaklar," dedi.

" İyi geceler hanımefendi , " diye sessizce cevapladım . o gece bende yoktu _ _ Gerçekten uyudum _ ben kolaydım Olumsuz rahat yeterli _ uyukladım _ bazen ama o kadar _ zaten _ Ve eğer

gecenin bir yarısı işersem zorunda
değildim _ _ _ bir şey dene _ diğer olarak
yapmak _ Orası ile yattığım yere işemek

Sandra uyandığında gitti . o doğrudan ile
o dolap ve çizdi bir deri kırbaç dışarı _ o
getirdi Ben birine geri dönmek köpek
stili ve sallandı sonra kırbaç _ aykırı
düşünmek popo _

Zas!. omuz silktim deriyi dikerken
birlikte _ _ _ _ hissettim _

" Bence bundan sonra gerçekten
anlayabilir misin kesinlikle _ _ _ itaat "
olmalı , yaptığı tek şey buydu bana
kırbaçtan önce dedi _ tekrar tekrar _
düşünmek geri ve benim popo buluştu .
Derisi kırılmamıştı ama yanmıştı ve çok
fazla kırmızı nokta olduğunu biliyordum
. _ _ _ vermek ben olsam _ _ _ aynada
görmek _ olabilir _

Sonrasında bir süre sonra tekrar oldum sola ve taşındı Ben değil . Sandra geri döndüğünde , o bir sandalye Onu önüme koydu ve sonra tekrar odadan çıktı. Bu sefer iki kase mısır gevreği ile geri geldi. Birini önümde yere koydu ve diğeriyle birlikte sandalyeye oturdu.

" Yiyin , " dedi tek söylediği dedi . kaseyi istedim _ _ ile düşünmek eller iptal , durduruldu Ancak içinde , olarak o eklendi : " Yok Ellerini indirdim . _ Benim Yüz için kase ve mısır gevreğini yedi Nasıl bir köpek _ o çıplak önümde oturdu ve onun _ sahip olmak Kahvaltı yedi _ benim kadar Nasıl olası kaseden _ _ yenilmiş _ vardı benimkine geri oturdum _ _ topuklu ve bekledi , büyük yapay penis alıyorum hala benimkinde _ eşek gömülü ve arasında düşünmek ayak olağanüstü _ saygı duydum onun üzerinde , o değil daha öte ile kuvvet _ Sandra bitirdi o Kahvaltı , kalktı ve yanıma geldi . . _

Yine üzerimde durdu, amını ağzımdan bir inç uzakta.

Çok sakin bir sesle, "Aç ağzını Erika," dedi. Tereddüt ettim. Saçımdan tuttu ve çekti. Kafa derimden koparıyormuş gibi hissettim. ağzımı açtım Sandra ağzıma işemeye başladı. Yutmadan doldurmasına izin verdim ve sonra ağzım taştı ve çişi boğazımdan aşağı göğüslerimin üzerine aktı. Sonsuza kadar işiyor gibiydi ve o sabaha hazırlanmak için ne kadar su içtiğini merak ettim. Çok olmuş olmalı.

İşi bittiğinde saçımı bıraktı ve ben de çişinin son damlasının ağzımdan dökülmesine izin verdim.

" Bak işte bu _ _ iyi Oyuncaklar yapar." Eğildi kendisi aşağı ve öptü ben güvercin _ o benimki dil _ ile işemek batırılmış ağız ve yaladı Daha sonra Benim yüz _ Beni bağlayan bağları çözdü _ _ bağlı vardı ve sonunda masif oyuncak anüsümden çıkarıldı . _ _ _

" git yatakta , Erika." Yatağa tırmandım ve uzandım. ben sırtımda _ _ Sandra taşındı kendisi üstünde ben , o göğüsler asılı altında onu ve çekti üstünde Benim et _ Bir meme ucunun pürüzsüz tümseğime ve ardından mideme değmesiyle ürperdim. Onları kendi küçük göğüslerime bastırdı ve sonra kalçama sürterek beni öptü.

Öpücüğe tutkuyla karşılık verdim, ellerimi önce yanlarına, sonra da kıç yanaklarına götürdüm, aşmamam gereken bir çizgi olup olmadığını ve muhtemelen ne olacağını merak ettim. Ama Sandra artık umursamıyor gibiydi. Üzerime oturdu ve amını yüzüme bastırana kadar öne doğru kaydı. Klitorisini yalamak ve okşamak için dilimi kullanarak, ağzımın tamamını ona bastırarak ve dilimle içeri doğru el yordamıyla el yordamıyla onu yedim.

Sandra bana sürtündü ve gelmesi uzun sürmedi.

Sonra Sandra tekrar vücudumda dolaşmaya başladı, bu sefer dudakları, dili ve dişleriyle etimden aşağı kayarken öpmeye, emmeye ve ısırmaya başladı. Benim kedime ulaştığında patlamak üzere olduğumu düşündüm. Dilinin klitorisimi okşaması karşılık olarak irkilmeme neden oldu.

Yoksunluk ve keyfilik haftasından o kadar azmıştım ki gitmeyi düşündüm _ _ _ _ eşit git _ Ama Sandra açıktı çalıştı ve ne yaptığını biliyordu . alay etti bana neredeyse _ orgazm ve çekti kendisi Daha sonra geri döndü , kemirdi ve öptü düşünmek iç uyluk veya çekti ile senin benim parmaklarım _ meme uçları Sonra yakala o düşünmek kedi neredeyse orada olana kadar tekrar açın. o sıktı düşünmek Diz ile göğsümde yukarı ve yüzdü _ o Dil derinlerimde _ _ içinde ,

sonra yaladı o aşağı ile benim anüs ve
tekrarlanan o aksiyon orada _

Nihayet izin vermek o Ben git , aldı
düşünmek klitoris arasında o Çekilmiş
ve emilmiş dudaklar _ üzerinde . _ diye
bağırdım _ Ben Benim orgazm geçti ,
benim bacaklar titredi ve seğirdi güçle .
sıvıymışım gibi hissettim _ _ _ İlk kez
geldiğimde fışkırttı . _ _ _ _ _ Sandra
benimkini yaladı _ kedi , temizlenmiş ve
sevişmek o .

benden sonra _ iyileşti _ sürüklemişti _ o
ben duşta olduğumuz yerde _ biz
temizledi , dokundu ve okşadı . Bu
garipti _ _ bu kadın, benim Sevilen
aniden çok hassaslaştı _ ile senin
dokunur baypas edildi Ne zamandı bana
sahip olurdum bozuldu , oyun bitti .

Günün ilerleyen saatlerinde Sandra ile
vedalaşıp ayrıldım . soruyorum _ onları
görürsem sık sık _ ziyaret etmek

yapmalıyım ve kimi yapabilirim
Yapsaydım yere bağladım . _ _ _ _

Bir gün yapacağım .

SON